KB042149

지금, 이 순간이

아름다운 삶

지금, 이 순간이
아름다운 삶

초판 1쇄 발행일 2024년 6월 12일
초판 2쇄 발행일 2024년 10월 10일

지은이 조기성
펴낸이 양옥매
디자인 송다희 표지혜
교 정 조준경
마케팅 송용호

펴낸곳 도서출판 책과나무
출판등록 제2012-000376
주소 서울특별시 마포구 방울내로 79 이노빌딩 302호
대표전화 02.372.1537 **팩스** 02.372.1538
이메일 booknamu2007@naver.com
홈페이지 www.booknamu.com
ISBN 979-11-6752-479-9 (03800)

* 저작권법에 의해 보호를 받는 저작물이므로 저자와 출판사의 동의 없이
  내용의 일부를 인용하거나 발췌하는 것을 금합니다.
* 파손된 책은 구입처에서 교환해 드립니다.

지금, 이 순간이

아름다운 삶

조기성 제 2 시집

책과나무

머리말

무더위가 가고 하늘이 높아지니 서늘해지고 마음도 덩달아 높아지고 깊어진다. 지난날 어쩌다 쓴 시가 새록새록 선명해지면서 내가 스스로 시인인 양 느껴졌다.
가을 덕분에 시인이 되었다.

이후 그동안 쓴 시를 모아 누구에겐가 도움이 됐으면 하는 바람으로 첫 시집 '지가 좋아 꽃 피거늘'을 출간했다.
시인이 되고 보니 철들고 난 후 나의 흔적들, 철학을 머리로 쓴 것임을 알고 부끄러웠다.

절ૐ에서 하는 말言을 시詩라고 한다는데 나의 시는 뭔가 빠져있고 꾸민 듯하여 시를 쓰지 않기로 다짐하기도 했다. 돌이켜 보면 진실하게 살기도 어렵지만 진실에서 떨어져 살기도 힘들었다.

시를 쓰는 것이 마치 줄타기하는 줄의 한가운데 서서 더 나아가지도 되돌아가지도 못하고 있는 심정이었다.
괜히 팔자에 없는 시인이 되었나 생각되고 나이가 들어 궁금하기도 해 사주팔자를 봤더니 문곡귀인文曲貴人이 있어 글을 쓸 팔자라고 했다.

　이후 팔자에 있는 시인이 되었고

　천지 어딘가에 무서운 힘이 있음을 느끼고 이를 후대를 위
해서라도 알리기 위해 다시 시를 쓰기 시작했다.

　가을이 되면 초록이 단풍으로 물들 듯 지구도, 인류도 초
록이 물들고 있어 진실은 사라지고 허위가 일상화되어 사
기, 파벌싸움, 살인, 전쟁이 난무하는 세상에다

　9천 년의 한민족韓民族과 역사는 천산天山에서 시작해 바
이칼, 만주, 중국을 거쳐 이제 태평양 이외는 더 물러날 곳
이 없는 한반도에 이르렀다.

　그런데도 역사와 세상의 순리에 대한 한민족의 인식과 정
신, 철학은 시간이 지날수록 쇠락하고 있어 노을빛의 석양
과 같은 느낌을 받았다.

　이 모진 세상에 나의 할 일이 무엇인가? 자문자답하면서
현세나 후세 누구에겐가 도움이 되길 바라는 마음으로 그동
안에 쓴 81편을(9×9=81) 모아 이 시집을 내게 되었다.

　　　　　　　　　　　　2023년 가을 청계산 자락에서

　　　　　　　　　　　　　　　조기성

2부 　지금, 이 순간 있는 그대로

3부 　아기처럼 바보처럼

4부   인생과 역사에 공짜는 없다

1부

생명 있는 사랑을 위해

뒷동산의 소나무도
어디가 달라도 다 다른데
너는 왜 그러냐고
탓해서 무엇 하리!

상대의 입장에서 세상을 바라보고
상대가 필요하고 원하는 것을
도와주려고 노력하는 사랑이
생명이 묻어있기에 아름답고 영원하다

아름다운 사람

천지의 운항을 마음속 깊이
느끼면 나이 들수록 아름답고
느끼지 못하면 추하다.

자연의 순리를 따르는
봄에 핀 들꽃, 가을 단풍은
얼마나 아름다운가!

가는 세월에
무엇을 탓하고
발버둥 치던가

영원한 아름다움을 추구하는 사람은
천지의 운항에서도 벗어나려고
목숨을 걸 뿐

은혜

긴 세월 나를 꽃처럼 지켜보며
사랑해 준 사람들

눈 비바람에도
내 마음에 머물며

나의 분신으로, 봄바람
민들레 홀씨처럼 천지에 퍼져

내가 힘들고 지칠 때
나를 감싸 안은 손

오늘도 봄 햇볕에 흐드러지게
피어 있는 꽃과 같아라

복밭

빈 하늘에서
무엇을
주고받을 수 있으랴마는

빈 하늘은
삼라만상森羅萬象을 품고 있기에

하늘 밭에
뿌리 없는 씨앗을 심으면
여문 대로 이 생 저 생에
거두어지리라.

일에서 행복을

내가 하는 일에서
행복을 일궈내야 하리

큰일이든 사소한 일이든
그 일이 정당하면
그 일 속에
세상과 행복이 들어 있기에

일하면서 하는지도 모르게
세월을 보내야 하리

하는 일에서
행복을 찾지 못하면
생활이 불만족스럽고
평생이 불행하리라

미소 짓는 마음

사심 없는 기쁨에
작은 것에도 미소 짓는 마음
순풍에 대양을 항해하듯
인생의 파도를 넘어
원대한 꿈을 이루는 영혼의 샘물

호탕한 웃음이 태풍이라면
미소는 아지랑이 사이의 훈풍
너털웃음이 가을 단풍이라면
미소는 봄 신록
함박웃음이 닫혀있는 성문이라면
미소는 열려있는 궁궐의 문

미소는 미세해도
기쁨과 여유로움이 함께하는
무상無相한 마음으로
우주를 품으니

생명의 촛불이 다하도록
미소를 잃지 않아야 하리

생명 없는 사랑

꽃이 아름답고
사랑스럽다 한들

들에 핀 망초꽃
그 뉘가 보러올까!

오뉴월 땡볕에
벌 나비만 날아들고

무심한 바람은
향기를 스친다.

생명 있는 사랑

사랑, 소유하려 들면
상처가 깊어지고
목숨도 앗아 가지만

상대가 필요한 것을
알아서 도와주는
순고淳古한 사랑은

생명이 묻어있기에
아름답고 영원하다

꽃과 나비 같은 사랑

정으로 맺어진 우리의 만남을
사랑이라 말하지만
영원하지 않은 사랑

홀로 살기엔 외롭고
다른 사람과는 부담스러워
잠시 정을 나눈 사이

그런데도 꽃피고 낙엽 지면
그리워지는 것은, 이 세상 전에 뿌린
사랑의 씨앗이 있어서

그때 당신은 꽃이었고
나는 나비였지
지금 기억하지 못할 뿐

무정無情

1
꽃망울 맺히는가 하더니
잎이 우거지고
정이 드는가 싶더니
떠나시는구려

가시거들랑
개나리 진달래 남겨두고
봄이 가듯이

내 사랑 내려놓고
정만 홀로 여울물에

무심히 가소서

2
둥근달 구름 위에 노릴 듯
나는 너 너는 나
그 속에 살고 싶어도
떠나시는구려

가시거들랑
풀벌레 울음소리 남겨두고
가을이 가듯이

내 사랑 내려놓고
정만 홀로 여울물에

무심히 가소서

무정

작사 조기성
작곡 임현철

손주 사랑

손주가
할미 하삐를 닮은 것은

손주를
엄마 아빠보다 더 사랑하며

손주의 수준에서 함께하는
할미 하삐의 숭고한 애정으로

한 세대를 건너뛰어 유전되는
자연自然의 순리

노을빛 당신

가을 단풍
어둠 속에선 몰랐는데
햇빛에 드러나니 예쁘고

석양에는 노을빛에
고귀하게 아름답습니다.

내 생의 석양도
젊어선 몰랐는데
당신이 있어 행복합니다.

노을빛에 아름다운
가을 단풍처럼

사랑을 알았어요

언젠가는 헤어질 줄 알면서도
당신을 사랑합니다.
홀로는 외로움 그리움을 감내하기 힘들어

까마득한 옛날에도
이 순간에도
당신을 사랑합니다.

당신을 알고 나서, 당신 사랑이
내 운명에 대한 사랑이고
이 세상 자체가 사랑임을 알았으니까요

사랑의 돛단배

황무지였던 세상에
당신을 사랑하면서
행복하게 살아 보자는 몸부림에
미래가 생겨났습니다.

오랜 삶의 뒤안길에
당신의 주름진 얼굴을 보며
아름다웠던 추억들로
과거가 생겨났습니다.

당신이 떠난 지금
과거도 미래도 없는 허공에
당신 찾아 떠 있습니다.
은하수를 찾아가는 돛단배처럼

봄기운

입춘이 지나니 개나리 진달래는
봄기운 받아 만발하는데

노인은 봄기운을 이겨내지 못해
저 세상으로 간다.

영원한 삶을 가르쳐 줘도 받아들일
기운이 없으면 누리지 못하고

저 세상 돌고 돌다 개나리 진달래 보러
이 세상에 다시 오리니

기氣가 충만할 때
누릴 것을 누리소서.

4월의 마지막 날에

연초록 천지에 가득한데
하늘은 시샘하듯
봄바람 먹구름에 빗방울

4월의 마지막 날
초등 순이 그리워 몸부림치는
내 마음을 적시네

보리

뾰쪽한 털을 달고
하늘 향한
보리 이삭

녹색 투구에
창 들고 사열 받는
병사 닮았네.

하늘을 찌를 듯
용맹한
그 얼굴

뻐꾸기 울음소리에
그만
누렇게 변했다네

두견새 슬피 우니

할아버지 나무하러 갔다는데
할머니 홀로 두고
가을 가고 하얀 눈이 와도
돌아오시지 않네.

엄동설한 눈꽃 속에
얼굴 내민 보리 되어
두견새 울음소리에 장단 맞춰
보리피리 불며 할매 찾아올까나.

존재 속의 사랑

우주는 텅 빈 하늘을 의지해 존재하고
태양은 우주를
지구는 태양을
바람은 산과 바다를
사람은 텅 빈 하늘과 지구를
자식은 부모를
아내는 남편을, 남편은 아내를
진리도 빛을 의지해 존재한다.

하늘 아래 누구 무엇도
홀로는 존재할 수 없기에
늘 그 자리에 있는 것이 사랑이고
바람 불고 눈 오고
밥 먹고 똥 누고
아무 일 없는 것이 행복이다.

다섯 손가락

크기도 굵기도 다르고
엄지는 방향도 달라
무엇을 잡을 수 있고
밥 먹고 살 수 있다.

세상에 똑같은 생명체가 없듯
내 손가락도 다 다른데
너는 왜 나와 다르냐고
탓해서 무엇 하리!

남녀가 다르므로 부부가 되고
서로 도와 가며 살라는
우주의 섭리

미워해도 닮는다

마흔여섯에 늦둥이를 임신했다.

아이를 지우라는
남편, 시어머니를 미워했더니

아이가 그분들을 쏙 빼닮아
여러 질환으로 고생, 고생

잔디밭을 자주 다니면 길이 나듯
마음 쓰는 대로 닮나 보다.

미워하는 사람을

내가 너를 미워하면
그 마음에 이끌려
까마득한 생 얼기설기 지내기에
너를 끌어안으리.

나를 미워하는 사람이
꿈에라도 나타나면
피하지 않고 용기 내어
꼬옥 보듬어 주리.

미워하는 사람이 때리면
죽기 전까지만 맞으리, 맞아 죽으면
서로가 더 큰 미움에 빠지고
살아야 미움을 녹일 수 있으므로

2부

지금, 이 순간 있는 그대로

지금
이 순간이

내 인생의
마지막이라
여기며 살리라

아름다운 삶

과거가 찬란했거나 불행했어도
지금, 이 순간이

어두우면 불행하고
맑고 밝으면 행복하며

죽어가는 순간에 행복해야
아름다운 삶.

그 마음을 안고
세상을 떠나는 내 인생이므로

탓하지 말고 최선을

누구 무엇을 탓하거나
불평불만 하지 말고

상대가 힘들어하거나 필요한 것을
스스로 도와주자.

과거에 주위의 도움으로
지금의 내가 있고

그 은혜의 빚 갚음을
하늘인들 모르겠는가!

세상살이 산수算數가 아니더라

1
감나무도 없는데 감이 떨어져 있고
손자를 데리고 가는데
과자 사 줄 돈이 없으면
길에 돈이 떨어져 있어
나도, 손자도 놀란다.

세상 살다 보면
1+1=2도 되지만 −3, 9 등
아닐 때가 더 많더라

베풀고 살다 보면
주는 것보다 받는 것이 많고
필요한 것은 바로 생기며
주고 욕먹을 때도 있더라.

베품에 마음이 묻어 작용하기에

2

빈손으로 왔다 빈손으로 간다는

공수래 공수거空手來 空手去 는

1+1=2라는

숫자놀이인 산수이고

진실이 아니더라.

다리 밑에서 태어난 사람과

기와집에서 태어난 사람이

같은 빈손으로 세상에 왔고

미소 지으며 죽는 사람과

회한의 눈물로 죽어 가는 사람이

같은 빈손으로 세상을 떠날까?

뭔가 가지고 왔다, 가지고 간다.

실상實相을 보지 못할 뿐

그 사람은 지금

그때 그 사람이
떠오르거나 만나면

봄바람에 흔들거리는 들꽃도 되고
가을바람에 떨어지는 단풍도 되어
설레기도 아픔에 젖기도 한다.

강가에 수많은 섬도
세월 따라
커지기도 작아지기도 하는데

그 사람의 마음을
지금, 이 순간 있는 그대로
보지를 않고

어디로 가고 있는가

봄이 오니 봄기운 받아
개나리 진달래 만발하는데

노인은 봄기운을 이겨내지 못해
저 세상으로 떠나고

갑돌이와 갑순이는 부부로 살자고
보따리 싸 시골로 간다.

옛날이나 오늘이나
즐거움과 슬픔이 함께하는 봄날

나는 어디로
무엇을 하러 가고 있는가!

우리 사이

탁자에 마주 앉아
차 한잔하듯
그리울 때 밤하늘의 별을 보듯

너무 가까이도 멀지도 않게
있는 그대로

태양이 고마워
품에 안으면 뜨겁고
멀리하면 추워요.

있는 그대로

볼 때도 들을 때도
마음 따라 가감 없이
그 순간 있는 그대로

자연自然이
세월 따라 물들 듯

더도 말고
덜도 말고
그 순간 있는 그대로

예쁨과 미움

세상의 무정물無情物은
예쁘고 밉고가 없이
생긴 대로 자리를 지킬 뿐인데

사람은 그 순간의
마음과 상황에 따라
예쁘게도 밉게도 본다.

꽃이 아름답다고 하지만
아름답고 밉고가
어디에 있겠는가?

꽃이 예쁜 것은
그 순간의 마음이 탐욕으로 물들어
아름답지 않기 때문

벌 나비가

꽃이 아름다워서 날아들까?

비바람에 꺾인 장미꽃

오월 비바람에 꺾인 장미꽃
안쓰러워 화병에 놓았더니

창가에 스민 햇살에
옷을 하나씩 벗어젖히고
속을 드러내 보인다.

부끄럽지도 않나봐

한 줄기 바람에 너울거리며
너도, 잘난 척하지 말고
옷을 벗어보라고 속삭이더니

어느 날
헤어짐을 주저하듯

다음에 만나거들랑

더도 덜도 말고

있는 그대로 지내자며

꽃잎 훨훨 떨쳐버리지 못하고

시들어 간다.

새야, 어둠 속에 날지 마라

청계산淸溪山 옥녀봉 하산 길에
해는 져 서쪽 하늘은 붉고
어둠 깔린 돌계단 숲속에서
푸드득 푸드득 소리가 난다.

새야, 어둠 속에 날지 마라
너도 놀랐지만 나도 놀랐다.

나는 넘어지면 꽃과 같은
옥녀玉女에게 안길 수 있지만
보랏빛 어둠은 지옥의 하늘
너는 날 곳이 어디 있으랴

네가 있으니 내가 있고
내가 없다면 너도 없을 것을
내가 두렵나 옥녀가 두렵나
이 좋은 세상이 두려우랴.

새야, 어둠 속에 날지 마라
너도 놀라지만 나도 놀란다.

청계산 옥녀봉

가야산에 올라

아름다운 기암 봉우리들
영남의 금강산일세

다가가면 칼날, 송곳 같고
올려다보면 소머리 같아 우두봉牛頭峰
내려다보면 줄을 잇는 봉우리들
기세등등하여 천지를 압도하네.

벚꽃 피는 봄날
제일 높은 우두봉에 올라
칠불봉七佛峰, 남산제일봉에
내 마음을 흩뿌리고

단풍잎 지는 가을
칠불봉에 올라서니
봄에 뿌렸던 내 마음도
칠불봉도 없고

하늘엔 솔개가
흔적 없는 원을 그리며
따사로운 햇빛만
허공에 머무네.

알 수 없는 나

들에 핀 잡초도
비바람, 햇볕
오가는 대로 머무는데

나는 왜
세상만사 참견하고
책임지려 하는가!

생은
오늘도
하루가 짧아지는데

남아공 희망봉의 핀보스

오늘이 그날

시골에 홀로 계신 어머님
찾아뵈어야 하는 마음
언제인가

오늘이 그날

어머님도, 내일도 구름 같아
어느 날에 비가 될지
모르기에

오늘이 그날

고난을 넘어

지금, 이 순간이 힘들어 죽는다고
더 좋은 다음 세상이 올까?

저승사자가 나타났다고
따라갈 것인가?

죽거나 살거나
다시 시작하기는 마찬가지

차라리 지금, 이 순간에
풍덩 빠져버리리라.

필자가 본 저승사자

탐욕에서 벗어나면

구름 같은
탐욕의 번뇌에서 벗어난
집중이 지속되면

마음이
구름 없는 가을 하늘처럼
맑고 밝은 빛으로 가득해지고

천지天地와 내가
하나가 되리라

무아無我

똑딱 똑딱 시계 소리
귓가에 울려 퍼질 때
끝없는 심연深淵에

옛일 떠오르고
그리움, 회한의 눈물 뜨거운
그곳에 나 있었다.

똑딱 똑딱 시계 소리
귓가에서 사라졌을 때
끝없는 텅 빈 하늘

무시無始, 무종無終에
하늘과 내가
하나 되어 있었다.

성현聖賢을 닮은 겨울 산

초록이 무성한 여름
산속이 보이지 않고

낙엽이 진 겨울
산속이 훤히 들어난다.

산에서 초록은
인간의 번뇌와 같은 것

번뇌 다 하면 겨울 산처럼
성인聖人, 현인賢人이 되리라

한 해의 끝자락

기쁨도 슬픔도

낮이 가면 밤이 오듯
넘어야만 할 아리랑고개였고

세월의 뒤안길에 핀
모양이 다른 꽃

동지섣달 눈 속에서
수줍은 듯

잘 가세요, 손 흔드네.

인생의 마지막 여행

눈 감으면 저 세상
눈 뜨면 이 세상인데

가는 날이
내일 모래면 어떻고

어딘들
뿌리 없는 나무가 있으랴

지금, 이 순간의
내 마음이 뿌리이고

가지고 갈 유일한 것이므로
잘 다듬고 챙겨야 하리

염라대왕 앞에서

죽어서 염라대왕이 물으면

탐욕에 물들지 않고
텅 빈 마음으로
힘들고 어려운 사람과 자손을 도와주면서
인류를 위한 지혜의 등불을 밝히기 위해
노력했노라고

그 순간 마음에 있는 그대로
대답할 수 있는
삶을 살리라

극락조

3부

아기처럼 바보처럼

잘났거나 못났다고
누구 무엇을 탓하리!

길가에 민들레처럼
내 인생 내 팔자인 것을

더 성숙해지기 위해
아기처럼 바보처럼

고난을 묵묵히 딛고
일어서야 하는 것을

세상 탓

세상은 누구 무엇을
탓하지 않는데

사람들은
바람이 불어도 눈비가 와도
오면 온다고 안 오면 안 온다고
탓한다.

호수에 바람 불면 물결이 일고
바람 그치면 가라앉는
자연의 순리順理에
욕심의 잔상을 올려놓고

원하는 대로 안 된다고
세상을 탓한다.

세상은

법이 없어도 숫자가 없어도
내가 태어나고 사라져도

눈 하나 깜짝 안 한다.

내가 세상이 되지 않는 한
나만 발버둥 칠 뿐!

하늘

비가 오고 있어도
비구름 너머는 텅 비어있듯

하늘은 천지를 품고 있어도
항시 맑고 밝게 비어있어
다 알고 있다.
말이 없을 뿐

하늘이 어찌
세상만사
기쁜 일에 기쁘지 않고
슬픈 일에 슬프지 않을까!

그래 하늘을
알면 두렵고 망설이며
모르면 용감하다.

함박눈의 운명

얼음장 사이로
개울물 흐르는데
함박눈 내린다.

갈지자로 하강下降하는 함박눈
얼음 위에 쌓이는가 하면
개울물에 떨어지자마자 녹는다.

하늘에서 내림은 정해진 명命이고
어디에 떨어지는가는
시간, 환경에 따라 변하는 운運이다.

눈이라고 다 같은 눈이 아니며
한순간에 운運을 달리한다.
생生과 마음의 작용을 알려주듯

어찌 함박눈만 그렇겠는가!

일생 일대사

목숨 걸고 할 일
젊을 때 하지 않고
미루고 미루다

나이 들어서는
다음 생으로 미루며
죽어간다.

주고받는 복

주고 나서 주었다고 자랑하면
준 것이 별로 없고

받고 나서 받았다고 자랑하면
받는 것이 참으로 많게 된다.

주고받는 것에 마음이 묻어
함께 작용하기에

참견

서너 살의 꼬마 아이가
길가의 꽃을 만져본다.
지나가는 할머니가 아이한테
'애야, 꽃 따지 마라.'고 한다

아빠가 아이한테 귓속말로
'할머니, 너나 잘하세요.'라고 일러주니
아이가 할머니께 그대로 말했다.
…

부처님 예수님이 어릴 때
길가의 꽃을 만져도
할머니는, 꽃 따지 마라.고
참견했을 것이다.

나이 들수록 탓하거나 참견 없이
아기처럼 바보처럼 살아야
성인의 길에 들어서리라.

아기처럼 바보처럼

잘났다고 경거망동하면 가시에 찔리고
초심 잃고 건방 떨면 파도에 휩쓸리며
삶이 복잡하면 서로 얽혀
무엇 하나 이루기 어렵다.

지구를 보라, 얼마나 둥근가!
자연을 보라, 얼마나 단순한가!

비 오면 땅 젖고
해 뜨면 풀잎에 이슬 마른다.

아기처럼 바보처럼

아기처럼 살리라

아기는 자아自我가 없어
자기와 남이 구분되지 않으며

마음이 비어있어 과거 미래도 없고
지금, 이 순간만 있으므로

속이 꽉 찬 사람으로부터
사랑을 받는다.

나도 아기처럼 살고 싶어라
이제부터라도

수용하고 해소해야

비가 오면 산야에 흡수되고
남는 물은 강으로 흘러가듯

상대가 나에게 행하는 것을
좋든 싫든 받아들이고 해소해야

그렇지 않으면 그것이
더 크게 되어 나에게 되돌아온다.

풀밭에 있는 재떨이에
담배꽁초를 던졌는데 나뭇잎에 가려

재떨이에 떨어지지 못하고
나무의 뿌리에 떨어지듯

바다처럼

불만이든 행복이든

나에게 찾아온 것을
겸허하게 수용하고
포용하기 위해 노력해야

발버둥 친다고 해결될까?
숨 쉬는 것도
내 맘대로 안 되는데

마음도 내려놓고
저 드넓은 바다처럼
껴안으리라

더 높은 곳을 향해

내가 이 세상에 온 것은
더 성숙해지기 위해

나그네 같은 고난, 너를
만나기 전이 내 인생의 본전이요

만나서 이기느냐 지느냐에 따라
본전보다 더도 덜도 되고

내가 원해 만났으니 안고 죽더라도
언젠가는 극복해야 할 디딤돌

더 높은 곳을 향해 허공을 딛고
일어설 수는 없지 않는가!

그때 그 사람 이름은 잊었지만

나를 만나면 순진한 아기처럼
웃음 짓던 그 모습

말없이 살며시 손을 잡던
그 사람 그 마음이 떠오른다.

그때 그 사람 이름은 잊었지만
아름답던 그 모습, 아기 같은 마음이

나와 함께 생을 마감할
나에게 준 선물.

꽃길만 가시길

오랜만에 정담을 나누고
헤어지는데, 그 임이
꽃길만 가길 바란다며 손을 흔든다.

정다운 마음이 들었지만
겨울엔 꽃을 찾기도 어려운데
꽃길 찾아 해외여행을 가야 하나?

고락苦樂이 함께하니 세상살이이고
고락이 없는 곳이 천상이므로
죽어 천상으로 가야 하나?

그 임과 함께 하면 남은 반평생
꽃길만 걸어갈 수 있을까?
망설임이 앞선다.

누구를 사랑하고 미워하리

누구를
사랑하고 미워하려 하는가?

사랑해서 괴롭고
미워해서 원망만 쌓이는데
부질없이 욕심내어
다 얻으려 하네

있는 대로 놓아두면
여름 가고
가을 오듯
스스로 오가는 것을

봄비 오는 밤

벗꽃 활짝 피었는데 가랑비 오니
땅은 하얀 점점이 맑은 꽃잎 밭

신선의 마음인 듯
천상의 낙원인 듯

발자국 흔적 없이
빙글빙글 꽃잎 밭 맴돈다.

밤하늘 비구름 너머
빙글빙글 은하수 밭 맴돈다.

추정秋情

가을빛으로 물든 들길에
청초한 코스모스 하늘하늘
나뭇잎 울긋불긋, 여기저기서
함박꽃 같은 얼굴 내밀고

은행잎 책갈피로 묻어두던,
초등 순이를 그리워하던
추억들이 빗물처럼
뚝 뚝 떨어지는 가을

파랗고 파란 하늘 아래
구름은 호수 위로
철새는 남쪽으로
낙엽은 굴러굴러 가고

사람들이 이 세상에 와
머물다 가듯이
가을도 가고
나도 가고 있다.

학원이라는 감옥

초중학생인 우리는 무슨 죄로
학원이라는 감옥에서
공부라는 벌을 받아야 할까!
학교 공부도 힘든데 …

부처님, 예수님, 공자님이
학원에 다녔다는 이야기를
들어보지 못했다.

우리도 이런 성인처럼
스스로 공부하고 놀면서
하고 싶은 것에 몰두해
성인의 길을 가고 싶다

엄마야, 아빠야!

눈물과 웃음

부모가 자식을 걱정할 때
울어도 웃음이 나고
웃어도 눈물이 나듯

눈물과 웃음은
한 부모에서 태어난
아들과 딸

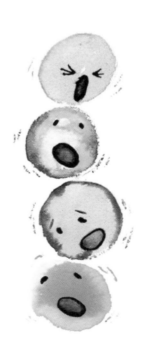

부모는 성인

자식이 어릴 때는
거짓말을, 참말을 해도 안다
다 명확하기에

자식이 나이 들면
거짓말을, 참말을 해도 모른다
다 옳은 일이라 생각하기에

부모는 자식에게
언제나 성인聖人

4부

인생과 역사에 공짜는 없다

9천 년의 유구한 한국사
천산에서 바이칼, 만주, 중국을 거쳐
이제 태평양 이외는 물러날 곳이 없는
한반도에 이르렀다

누구 무엇을 탓하랴
한민족의 심성, 인생과 역사에
공짜가 없음을 보여주는 것

더 늦기 전에
한민족의 정신과 철학을
회복해야 하리

조상의 은덕

어느 나라
어느 곳에 머물더라도

우리 아버지 어머니의 자식으로
홍익인간弘益人間의
고귀하고 유구한 역사를 안고
삼천리 금수강산에 태어나
행복했습니다.

푸른 하늘에
내 마음 물들도록

백두산 천지에서

인생과 역사에 공짜는 없다

꽃이 만발한 봄날
젊은 여성들이 세상이 자기 것인 양
부질없는 이야기로 목청껏 깔깔댄다.

일제강점기 어느 시인은
'빼앗긴 들에도 봄은 오는가'라 했고
위안부 할머니는 80여 년 지난 오늘도
광화문에서 피켓을 들고 있다.

꽃이 핀다고 다 봄이 아니며
그때 선인先人들의 눈물로
오늘 우리 마음에 봄이 왔다.

옛날이 없었던 양
오늘을 나만 생각하고 즐기면
역사는 되풀이되고
그 대가는 후손에게 돌아가리라

즐거움도 괴로움도

내가 가야 할 길에 놓여있는
언젠가 건너야 할
징검다리 돌

모양이 다를 뿐
욕망이라는 같은 뿌리에서 태어난
내 생의 주춧돌

더 높은 곳을 향해
일어서야 할
행복의 디딤돌

비밀

천지天地는 나와 같아
내 마음 하나
따로
둘 곳이 없는데

어디에
무엇을
숨기고
살 수 있으랴.

자애慈愛

하늘은
만생萬生 만물을 품고 있어도

어느 하나에
매달리지 않고

스스로 노력하는 만큼
이루어지도록 도와준다.

돌고 도는 인생

저기 저 높은 산
몇천 년 자리 지켜
뭘
보고 있을까?

나는 보고 있네

허구한 세월 입만 빵긋빵긋
어항 속에 금붕어처럼
이 세상 저 세상 돌고 도는
너를

삼성산 사자바위

목련꽃

1
하늘 땅을 향해
해맑게 웃음 짓는 목련꽃
너를 보면
엄마 품이 그립구나.

하늘 땅이 열리고
만생萬生을 낳아
풍성한 이 세상 다하도록

하늘 땅을 향해 핀
천지인 석삼析三으로 아홉 잎
우주의 비밀을 속삭이듯
봄바람에 춤을 춘다.

2

시작도 끝도 없는 하나에서 태극太極이,
태극이 석삼극析三極*으로
천지인天地人 3이,
3이 또 각각 셋으로 나눠져 9가 되듯

목련 꽃망울 한 개가
바깥에 셋, 가운데 셋, 안쪽에 셋의
순서로 아홉 잎이 핀다.

꽃망울 한 개에도
하나가 아홉이 되는
우주 생성의 원리, 석삼극의
비밀이 담겨 있네.

___

* 석삼극析三極은 1개를 3개의 극으로 나누다, 쪼갠다는 뜻으로 천
부경天符經 서두에 나오며 다음과 같다. 일시무시일一始無始一 석
삼극 무진본析三極 無盡本 천일일 지일이 인일삼天一一 地一二 人一三
일적십거一積十鉅

바위와 황토

1
비가 오고 눈이 오고
바람이 불어도

스며들지 못하고
흡수하지도 않는다.

부서지면 부서졌지
받아들이지 않는 바위

황토도 한때
그런 바위였다.

2
바위가 부서져 황토 되어
만생萬生을 품고

큰비에 황토물 흘러
해양의 영양분이 된다.

육지와 바다의
뭇 생명을 위해

몸을 바치는
성인의 길을 간다.

하늘이 땅에 소금을 내린 뜻

달은
탄생을 위해 월경月經을 주고
보름달에 바닷게가 짝을 짓듯
뭇 생을 낳게 한다.

태양과 지구는
에너지와 영양분으로
생명체를 키우며

물과 소금은
산酸과 알칼리로 만생의 음양陰陽을,
미네랄로 장기의 기능을 유지하니
소금을 하찮게 여기면 그 대가는
나에게 되돌아온다.

지구를 품고 있는
하늘의 뜻이 아니겠는가.

말라깽이와 뚱보

무슨 연유緣由로 몸이
바싹 마른 말라깽이나
뚱보가 될까?

지구를 구성한 소금기, 미네랄과
친하지 않은 탓이라고
지구가 인간에게 속삭인다.

'싱겁게 먹어
소금기가 부족하면 마르고
편식해
미네랄이 부족하면 뚱뚱하다'라고

지구의 속삭임을
인간이 알아듣지 못할 뿐

지구온난화와 저염식

지구는 진공에서 생겨나 성장 후
폭발해 다시 진공으로 되돌아간다.

지구가 생겨난 후 절반을 지나서
시간이 갈수록 온난화는 심해
지구에 인간이 인간답게 살날이
지나온 날보다 남은 날이 더 짧다.

산업혁명으로 저염식이 시작돼
100년 이상이 지난 지금
소금기와 미네랄의 부족으로
말라깽이와 뚱보가 많아졌고

콩팥, 성기능의 약화로 연애할 생각도
가임도 떨어져 저출산이 일반화되고
화기와 짜증을 다스리지 못해
싸움, 살인, 전쟁이 늘고 있다.

소금 섭취로 콩팥, 성기능이 강해야

사랑도 하고, 수극화水極火*로

심장의 화기와 짜증을 조절하는데

저염식으로 콩팥, 성기능이 약해진 탓

세월이 흐를수록

지구의 온도는 올라가

인류는 화기와 짜증이 더 커지는

불기운에 휩싸일 수밖에 없는데

지구온난화에 따른

인류의 화기와 짜증의 불기운에

저염식이 부채질하는데도

저염식 문화는 지속될 것이다.

말세, 오탁악세**가 이미 시작되었기에

* 음양오행陰陽五行 중 상극相剋 오행으로 물에 해당하는 수水인 콩팥
  이 불에 해당하는 화火인 심장의 열기를 제어하는 기능

** 기독교에서는 말세, 불교에서는 오탁악세五濁惡世라 하며 오탁
  중에 중요한 3가지는 명탁命濁(수명이 짧아짐), 겁탁劫濁(기근,
  질병, 전쟁이 난무함), 견탁見濁(진실이 사라지고 허위가 만연
  함)이다.

마약 같은 핸드폰

전철 안, 젊으나 늙으나 핸드폰에 빠져
책을 읽는 사람 드물고
노인이 앞에 서 있어도
젊은이는 자리를 양보하지 않는다.

길을 오갈 때도
횡단보도를 건널 때도
일을 할 때도 핸드폰에 빠져
효율이 떨어지고 타인에게 방해되어

허위와 짜증에 묻혀 논쟁을 일삼으니
나라는 석양으로 향해
젊은 남자 여자는
전쟁터로, 위안부로 또다시 끌려가리.

9천 년의 유구한 대한민국 역사에
이런 일들이 되풀이돼
천산天山에서 한반도로 물러선 지금
태평양 이외는 더 물러날 곳이 없다.

그런데도 핸드폰에 빠져
나라는 석양으로, 죽어 귀신이 되어서도
옆에 계신 하느님, 부처님을 보지 못하고
지옥으로 향할 것인가!

핸드폰 인생

이 세상 살아가면서
태어날 때보다
더 잘되기가
하늘의 별 따기인데

핸드폰에 정신 잃으면
본전도 어렵고
자손도, 나라도
석양빛으로 물들어 가리

꿀벌 인생

생生은
저물어 가는데

꽃을 찾는 벌 나비처럼
분주하다.

별 볼 일 없는
일에

군무 群舞

먼동이 틀 무렵
갈매기는 떼를 지어 춤춘 후
일상을 시작한다.

해 질 무렵
하루에 감사하듯 떼를 지어
철새는 남쪽으로 가고
잠자리는 높은 하늘을 맴돌고
개울물의 물고기는 배를 뒤집어
은빛을 자랑하는데

사람들은 떼를 지어
내일을 보험 들러 가듯
찻집, 술집, 노래방으로
모여든다.

가을을 살아가는 인류

가을이 오면
초록이 단풍으로 물들고 낙엽이 되듯
말세末世, 오탁악세五濁惡世가 오니
지구와 인류도 초록이 물들고 있다.

가을은 일 년 중 후반의 시작이고
지구도 생성소멸의 과정에서 후반으로
인류가 지구에 살 수 있는 기간이
지나온 날보다 남은 날이 더 짧고

지구에 진실이 사라지고 허위가 만연해
사기, 당파싸움, 살인, 전쟁이 난무하고
미래를 말세, 오탁악세라 하는데
그게 현실로 물들고 있다.

이 모진 세상에
나의 할 일이 무엇인가?

단풍 같은 노년을

아름다운 가을 단풍은
나뭇잎이 초록으로 성장하고
낙엽으로 나뒹구는 기간에 비하면
잠깐이어라

인생도 이와 같아
60대 후반에서
70대 전반이 단풍이고
이 전후는 초록, 낙엽과 같으니

인생의 황금기를 단풍처럼
잘 물들게 살고 싶어라.

종점으로 가는 길에

코로나 바이러스가 몰고 온
마스크 쓰기, 생활 속 거리 두기

예쁜 대로 미운 대로 정든 인연들과
얼굴을 가리고 떨어져 살라 하네.

자연은 톱니바퀴처럼
꽃은 피고 져 세월은 가고

남은 생을 바라보면
아내 한 사람 사랑하기도 부족한데

얼굴을 가리고 떨어져 살라 하네
누구 무엇을 탓하랴

지구가 종점으로 가는 길에 만난
미세한 바이러스이고

생활 속의 번뇌마저 떨쳐내면
성인聖人이 된다 하니

안팎으로 미세함을 이겨내야
지구에 사는 동안 평온할 것을

9천 년의 유구한 역사를

서기전 7197년 환국桓國으로 시작한
9200여 년의 대한민국 역사를

한여름에 수박 자르듯 반토막 내
반만년의 역사라 하고
천산天山에서 바이칼, 만주, 중국을 걸친
광활한 강역疆域을 축소해 한반도라 하네.

이는 국산國産이 아니고
일제 식민사관을 신봉하는 일산日産인데도
80여 년이 지난 오늘날도
앵무새처럼 답습하고 있다.

슬픈 대한민국이여!
너는 어찌
너의 나이도, 조상도, 고향도
모른단 말인가!

이런 철哲없는 역사 인식이 지속되면
나라는 또다시 저녁 노을빛에 물들어
젊은 남자 여자는 전쟁터로, 위안부로
그 대가는 후손에게 돌아가리라.

인생과 역사에 공짜는 없으니

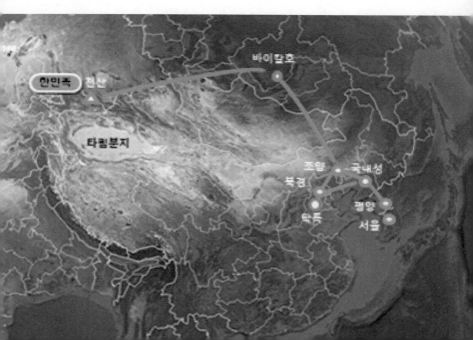

소낙비 속의 소망

길을 가다 소나기가 올 때는
남의 집 대문이나 담장 아래 앉아
하늘에 빈다.

"하느님,
9천 년의 대한민국 역사에서
한민족 초록의 마음이 점점 붉게 물들어
허위가 난무하고 파벌싸움을 일삼으니

나라가 4국, 3국, 2국으로 분단되고
영토領土가 줄어들어 이제
태평양 이외는 더 물러설 곳이 없는
한반도에 살고 있습니다.

이 소낙비로 국민의 마음을 씻어내
맑고 밝은 건전한 마음이 되어
단일국가로 번영하게 해주세요."라고